金钥匙儿童文学大系

愿望的实现

泰戈尔◎著

郑振铎　张炽恒◎译

浙江工商大学出版社 | 杭州
ZHEJIANG GONGSHANG UNIVERSITY PRESS

图书在版编目（CIP）数据

愿望的实现 /（印）泰戈尔著；郑振铎，张炽恒译．—杭州：浙江工商大学出版社，2019.9（2024.1重印）

ISBN 978-7-5178-3447-2

Ⅰ．①愿…　Ⅱ．①泰…　②郑…　③张…　Ⅲ．①童话—作品集—印度—现代②诗集—印度—现代　Ⅳ．① I351.88 ② I351.25

中国版本图书馆 CIP 数据核字（2019）第 191683 号

愿望的实现

YUANWANG DE SHIXIAN

［印］泰戈尔　著　　郑振铎　张炽恒　译

责任编辑　徐　凌

封面设计　李尘工作室

责任印刷　包建辉

出版发行　浙江工商大学出版社

（杭州市教工路 198 号　邮政编码 310012）

（E-mail：zjgsupress@163.com）

（网址：http：//www.zjgsupress.com）

电话：0571-88904980，88831806（传真）

排　　版　沈　存

印　　刷　大地飞达（天津）印刷有限公司

开　　本　880mm × 1230mm　1/32

印　　张　5

字　　数　96 千

版 印 次　2019 年 9 月第 1 版　2024 年 1 月第 7 次印刷

书　　号　ISBN 978-7-5178-3447-2

定　　价　19.80 元

目 录

愿望的实现 / 001

新月集 / 009

飞鸟集 / 089

愿望的实现

儿子苏西尔顽皮捣蛋，搅得邻居们不得安宁。父亲苏巴尔想要惩罚他，可是苏巴尔患有风湿病，跑不快，苏西尔却能像一头鹿一样飞快地逃开。所以呀，苏巴尔的巴掌大多扇不到苏西尔的身上。不过，偶尔一回被父亲抓住时，苏西尔就惨了。

这个故事发生在一个星期六的早上，学校下午两点钟放学[①]。但是苏西尔一点儿上学的心思也没有，他有两个理由：首先，那天是地理考试的日子，非常可怕；其次，那天晚上博斯家要放烟花，人人都期待着观看，苏西尔也是。他希望一整天都待在博斯家，从头到尾看人家做准备工作。

苏西尔冥思苦想了好久，就在快到上学时间的时候，他刺溜一下上了床。苏巴尔惊讶地望着他，问道：“你怎么还赖在床上？不去上学了吗？”

“我肚子痛得要命，”苏西尔毫不迟疑地答道，“上不了学啦。”苏巴尔一眼看穿了儿子的花样，自言自语道：“很好，我有办法给你上一课的。”

他瞟向苏西尔：“肚子痛，呃？那你还是待在床上吧，今天哪儿也不要去。我给你买了些糖，可惜你肚子痛吃不了。你就乖乖地躺着吧，我去给你做些治肚子痛的汤药。”

苏巴尔看了儿子一眼，然后出去准备一种非常苦的汤药。这下苏西尔骑虎难下了。他喜欢糖，讨厌苦的东西，特别是

① 双休是二十多年前渐渐在全世界普遍实施的，此前的情况是星期天休息，星期六仍要上学或工作。——译者注

他父亲做的汤药。他很想去博斯家，可是现在看来没机会了。等到苏巴尔端着一大碗苦汤药回到房间时，苏西尔刺溜下了床，说："我现在好了，肚子已经不痛了。我要去上学啦。"

"今天你不准出门，"苏巴尔说，"把这碗药喝了，乖乖在床上躺一天。"

苏西尔不愿意喝，苏巴尔便硬给他灌下去，然后锁上门，走了。

苏西尔涕泪横流，痛哭了一整天。他一遍又一遍地自言自语："要是我能变成爸爸那样的大人就好了，就可以想干什么就干什么，就没有人可以像这样把我关起来了。"

苏巴尔坐在外面，心想："小时候父母太溺爱我了。我本该好好多念些书的，现在后悔莫及呀。要是能变回小孩子就好了，我会把所有的时间用来努力学习，一分钟也不浪费在游戏上。"

这时，遂愿女神恰好经过，苏巴尔和苏西尔的心愿她都听到了，她决定让他们俩如愿。她出现在苏巴尔面前，说："明天早晨你会变成你儿子那么小的小孩。"她又对苏西尔说，"从明天起，你会变成你父亲那么老的大人。"

父子俩都很高兴。

往常，苏巴尔不到后半夜是睡不着的，要到天快亮时才睡得很香，到日上三竿才醒。但是第二天早晨太阳刚出来，苏巴尔就醒了，而且几乎是跳下床的。他发现自己变得很小，掉了的牙齿又全长回来了，胡须却不见了踪影。一直很合身的衣服现在大得离谱：衬衣袖子比他的胳膊长许多，几乎垂到地面，领口开到了肚皮上。腰布在地板上拖着，差点儿把他绊倒。

正常情况下，苏西尔一大早就醒了，然后满屋子跑。可是今天早晨他几乎睁不开眼睛。由于父亲苏巴尔在外面闹出好大的声音，他好不容易才赶走了睡意。苏西尔醒来后发现身上的衣服紧绷绷的，身体也不可思议地很臃肿。半张脸几乎被带有咸味和胡椒粉味道的胡须遮住，满头桀骜不驯的头发已不知去向，取而代之的是一个发亮的秃瓢，他非常震惊。更奇怪的是，他不像以前那样醒了就想下床。他打了个哈欠，翻了个身，决定赖在床上。

父子俩如愿以偿了。他们没有想到的是，事情并非那么简单。以前，苏西尔总以为自己一旦长大了，独立自主了，便可以把所有的时间用来爬树、在池塘里游泳、吃生杧果、掏鸟窝，还能整天和伙伴们到处闲逛疯玩，等到想回家时才回去，想吃什么就吃什么。无论他想做什么事，都不会有人来阻拦。但是那天早晨他醒来后，并没有急切地想爬树的感觉。他向池塘望去，看见水面上漂满了水葫芦，觉得自己如果胆敢跳下去，肯定会生病发烧。他在走廊上铺开一张席子，坐在上面陷入了沉思。最后，他决定不放弃自己喜欢做的那些事情。

苏西尔站起身，决定去尝试一下往常玩的那些花样。他走到附近的一棵橄榄树下，想爬上去，试了好几回却惊骇地发现，爬树如今已是他力所不及的事了。昨天，他不是还像一只松鼠似的，轻而易举就爬了上去吗？试了几次以后，他吊住低处的一根树枝，树枝却承受不住他的重量往下坠，最后断成了两截，他脸朝下摔在地上。过路的人看到一个老头儿爬树并从树上摔下来，惊讶得忍不住一阵大笑。

前一天晚上还和苏西尔一起玩耍的伙伴们，看了一眼面露愠色的老头儿，便跑开了。他们根本想不到这人就是苏西尔。过去苏西尔常常想，一旦他长大了、独立自主了，就整天和伙伴们一起玩儿。可是现在看到戈帕尔、阿克沙伊、哈里什和南达，他却心情很不好。一想到他们玩儿的那些闹哄哄的游戏他就心烦，不希望他们来打扰自己。

当然，你一定记得，苏巴尔曾经对自己说，假如他能回到童年时代，他会把自己锁在书房里，整天专心致志地读书。晚上他甚至会放弃听爷爷奶奶讲故事，认认真真地学功课。而现在他又变成小孩子了，想到上学他却心生厌恶。苏西尔对他很生气，说道：“爸爸，你今天不去上学？”苏巴尔垂下脑袋，挠挠头，说：“我去不了，肚子痛。”“肚子痛！”苏西尔生气地说，“别跟我耍花样，以前我也总是借口肚子痛逃避上学。这些花样我一清二楚，别想糊弄我。”以前苏西尔知道各种各样的逃学办法，现在他仍然记忆犹新，可怜的父亲想糊弄他根本不可能。

苏西尔逼迫他的小孩父亲去上学了。傍晚苏巴尔终于回到家，盼望着出去玩耍，可这时是老头儿苏西尔的读书时间，他戴上眼镜，自顾自地朗读《罗摩衍那》[①]。苏巴尔待在旁边坐立不安，妨碍了他，于是他逼苏巴尔坐在他面前做加法运算。他选的题目很难、很复杂，苏巴尔花了一个多小时，总算做完了一道。晚上，苏西尔和当地的老头儿们下棋。

苏西尔对待饮食特别小心。父亲苏巴尔是老人的时候，有不少消化问题，吃饭过饱便会泛胃酸。对此苏西尔记得很清楚，所以不让他的小孩父亲吃得十分饱。但实际情形恰恰相反，这些天苏巴尔简直就像个饿死鬼，感觉自己吃石块儿都能消化。然而苏西尔就是不准他吃饱，他只好一直饿着。渐渐地，苏巴尔的体重开始减轻，身体开始变瘦。苏西尔担心他真的病了，于是逼他吃各种药片和药粉。

老头儿苏西尔也有自己的问题。他很快意识到，自己往常的第二天性[②]已经不再适合他了。以前，他特别喜欢看杂耍，只要听说哪儿有表演，他便会赶过去。可是现在，当他想那样做时，他却病倒了。作息时间不规律使他感冒咳嗽、浑身酸痛，不得不在床上躺了整整三个星期。

苏西尔是小孩的时候喜欢每天跳进池塘洗冷水澡，可是如今他想去的时候，风湿病却越来越严重，到了令人担忧的程度。他只好去看医生，花了半年的时间医治。如今他只能在家

---

① 印度古代梵文史诗。——译者注

② 典出古希腊哲学家亚里士多德的名言：“习惯能造就第二天性。”天性是先天的，所谓第二天性当然就是后天的。——译者注

里用温水洗澡，而且是隔一天洗一次。并且，他还不允许苏巴尔去池塘里洗澡。每次他试图像做小孩时那样蹦下床时，他的老骨头便会极不舒服地咯咯作响，一阵阵痛楚迅速传遍全身。当他试着像往常那样啪的一声咬碎一枚帕安[①]时，他意识到自己的牙齿已经再也嚼不动它了。有时候，他会不小心拿起梳子梳头发，却发现只能在自己的秃脑瓜上刮擦。

同样，苏巴尔也时不时地会忘记自己已不再是老人。他会走进老人堆里，参加他们的讨论，发表意见。不必说，他总是惹得其他人非常恼火。他们揪他的耳朵，斥责他没大没小，叫

① 帕安，一种用槟榔叶包裹着槟榔果与香料的混合食物。

他走开。他忘记了自己的外表已不是老人，要求他的家庭教师让他吸一口烟，老师用藤条结结实实地抽他，令他用一条腿站着，作为对他的鲁莽无礼的惩罚。他又一次忘记了自己的新外貌，问理发师为什么不来给他刮胡子了，理发师以为他在开玩笑，答道："我会来给你刮胡子的，再过个十来年吧。"有时，苏巴尔会像从前那样扬手去掴苏西尔，老头儿苏西尔勃然大怒道："这些天在学校他们就是这样教你的吗？你真是胆大包天！"

够了，真是受够了！现在苏巴尔一心一意地祈祷失去的年纪回来，让他重获独立自主的生活状态。他真是愚蠢，把它们交出去，给了苏西尔。

苏西尔也恳切地祈祷，希望自己重新变小，能够像往常那样同伙伴们一起耍闹。"爸爸变得淘气极了，我再也没本事照料他，他真是整天让我操心。"

这时，遂愿女神听到了他俩的心愿。"嗯？"她出现在他们面前，说道，"你们满意了吗？"

"是的，我们真的满意了，"父子俩拜倒在女神面前，一起嚷道，"请让我们变回从前的样子吧。"

"很好，"女神说，"明天早晨醒来时，你们就会变回去。"

第二天，苏巴尔醒来后成了老人，苏西尔发现自己又变回了小孩。他们都觉得自己像是刚从一场噩梦中醒来。苏巴尔提高声音问道："苏西尔，你怎么还不去背诵语法？"

苏西尔挠挠头，答道："爸爸，我的书丢了。"

新月集

译者序

我最初对泰戈尔（R.Tagore）的诗产生浓厚的兴趣，是在第一次读《新月集》的时候。那时离现在将近五年，许地山君坐在我家的客厅里，长发垂到两肩，很神秘地在黄昏的微光中，对我谈起泰戈尔。他说，他在缅甸时，看到泰戈尔的画像，又听人讲到泰戈尔，便买了其诗集来读。

过了几天，我到许地山君的宿舍里去。他说："我拿一本泰戈尔的诗选送给你。"他便到书架上去找那本诗集。我立在窗前，四周静悄悄的，只有水池中喷泉潺潺的声音。我静静地等候读那本美丽的书。他不久便从书架上取下很小的一本绿纸面的书来。

他说："这是一个日本人选的泰戈尔诗集，你先拿去看看。泰戈尔不久前曾到过日本。"我坐了车回家，在归程中，借着新月与市灯的微光，约略地把它翻看了一遍。最使我喜欢的是其中所选的《新月集》的几首诗。那一夜，我在灯下又看了一次。

第二天，地山君见我时，问道："你最喜欢哪几首？"我说："《新月集》的几首。"他隔了几天，又拿了一本很美丽的书给我，他说："这就是《新月集》。"从那以后，《新月集》便常在我的书桌上出现。直到现在，我还时时把它翻开来读。

我译《新月集》，也是受地山君的鼓励。有一天，他把他所译的《吉檀迦利》中的几首诗拿给我看，都是用古文译的。我说："译得很好，但似乎太古奥了。"他说："这一类的诗，应该用这样古奥的文体译。至于《新月集》，却又须用新妍流露的文字译。我想译《吉檀迦利》，你为何不译《新月集》呢？"于是我与他约，我们同时动手译这两部书。

此后两年中，他的《吉檀迦利》固未译成，我的《新月集》也时译时辍。直至《小说月报》改革后，我才把自己所译的《新月集》在它上面发表了几首。地山君译的《吉檀迦利》却始终没有再译下去，已译的几首也始终不肯拿出来发表。后来王独清君译的《新月集》也出版了，我更懒得把自己的译下去，许多朋友却时时催我把这个工作做完。他们都说，王君的译文太不容易懂了，似乎有再译的必要。那时我正有选译泰戈尔诗的计划，便一方面把旧译的诗稿整理一下，一方面参考王君的译文，又新译了八九首出来，结果便成了现在的这个译本。原集里还有九首诗，因为我不大喜欢它们，所以没有译出来 。

我之喜欢《新月集》，如我之喜欢安徒生的童话。安徒生的文字美丽而富有诗趣，他有一种不可测的魔力，能把我们从忙扰的人世间带到美丽和平的花的世界、虫的世界、人鱼的世界里去；能使我们忘了一切艰苦的境遇，随他走进有静的方池的绿水、有美的挂在黄昏的天空的雨后弧虹等的天国里去。《新月集》也具有这种不可测的魔力。它把我们从怀疑贪望的成人的世界，带到秀嫩天真的儿童的新月之国里去。我们忙着费时间在计算数字，它却能使我们重又回到坐在泥土里以枯枝断梗为戏的时代；我们忙着入海采珠、掘山寻金，它却能使我们在心里重温着在海滨以贝壳为餐具、以落叶为舟、以绿草的晨露为圆珠的儿童的梦。总之，我们只要一翻开它，便立刻如得到两只有魔术的翼膀，可以使自己从现实的苦闷境地里飞翔到美静天真的儿童国里去。

有许多人以为《新月集》是一部写给儿童看的书。这是他们受了广告上附注的“儿歌”（Child Poems）二字的暗示的缘故。实际上，《新月集》虽然未尝没有几首儿童看得懂的诗歌，而泰戈尔写这些诗，却绝非为儿童。它并不是一部写给儿童读的诗歌集，乃是一部叙述儿童心理、儿童生活的最好的诗歌集。这正如俄国许多民众小说家所作的民众小说，并不是为民众而作，而是写民众的生活的作品一样。我们如果认清了这一点，便不会无端地引起什么怀疑与争论了。

我的译文自己很不满意，但似乎还很忠实，且不至于看不懂。

读者的一切指教，我都欢迎地承受。

最后我应该向许地山君表示谢意。他除了鼓励我以外，在这个译本写好时，还曾为我校读了一次。

郑振铎

十二，八，二十二

家 庭

我独自在横跨过田地的路上走着，夕阳像一个守财奴似的，正藏起它最后的金子。

白昼更加深沉地投入黑暗之中，那已经收割了的孤寂的田地，默默地躺在那里。

天空里突然升起了一个男孩子尖锐的歌声，他穿过看不见的黑暗，留下他歌声的辙痕跨过黄昏的静谧。

他的乡村的家坐落在荒凉的土地的边上，在甘蔗田的后面，躲藏在香蕉树、瘦长的槟榔树、椰子树和深绿色的波罗蜜树的阴影里。

我在星光下独自走着的路上停留了一会儿。我看见黑沉沉的大地展开在我的面前，用她的手臂拥抱着无数的家庭，在那些家庭里，有着摇篮和床铺，母亲们的心和夜晚的灯，还有年轻的生命。他们满心欢乐，却浑然不知这样的欢乐对于世界的价值。

海边

孩子们汇集在这无边无际的世界的海边。

无垠的天穹静止地临于头上，不息的海水在足下汹涌着。

孩子们汇集在这无边无际的世界的海边，叫着跳着。

他们拿沙来建筑房屋，拿空贝壳来做游戏。他们把落叶编成了船，笑嘻嘻地把他们放到大海上。

孩子们在这世界的海边，做他们的游戏。

他们不知道怎样泅水，他们不知道怎样放网。

采珠的人为了珠潜水，商人们在他们的船上航行，孩子们却只把小圆石聚了又散。他们不搜求隐藏起来的宝藏，他们不知道怎样放网。

大海嬉笑着涌起波浪，而海滩的微笑荡漾着淡淡的光芒。致人死命的波涛，对着孩子们唱无意义的歌曲，就像一个母亲在摇动她孩子的摇篮时一样。

大海和孩子们一同游戏，而海滩的微笑荡漾着淡淡的光芒。

孩子们汇集在这无边无际的海边。

狂风暴雨飘游在无辙迹的天空上，航船沉碎在无辙迹的海水里，死神正在外面走着，小孩子们却在游戏。

无边无际的世界的海边，是孩子们的伟大聚会所。

来　源

流泛在孩子两眼的睡眠——有谁知道它是从什么地方来的?

是的，有个谣传，说它住在萤火虫朦胧地照着的林荫里的仙村里，在那个地方，挂着两个迷人的胆怯的蓓蕾。它便是从那个地方来吻着孩子的两眼的。

当孩子睡时，在他唇上浮动着的微笑——有谁知道它是从什么地方生出来的?

是的，有个谣传，说新月的一线年轻的清光，触着将消未消的秋云边上，于是微笑便初生在一个浴在清露里的早晨的梦中了——当孩子睡时，微笑便在他的唇上浮动。

甜蜜柔嫩的新鲜生气，像花一样在孩子的四肢上开放

着——有谁知道它在什么地方藏得这样久？

是的，当母亲还是一个少女的时候，它已在爱的温柔而沉静的神秘中，潜伏在她的心里——甜蜜柔嫩的新鲜生气，像花一般在孩子的四肢上开放着。

孩童之道

只要孩童愿意，他此刻便可飞上天去。

他所以不离开我们，并不是没有缘故。

他爱把他的头倚在妈妈的胸间，即使是一刻不见她，也是不行的。

孩童知道各式各样的聪明话，虽然世间的人很少懂得这些话的意义。

他之所以永不想说，并不是没有缘故。

他所要做的一件事，就是要学习从妈妈的嘴唇里说出来的话。那就是他看来这样天真的缘故。

孩童有成堆的黄金与珠子，但他到这个世界上来，却像一个乞丐。

他之所以这样假装了来，并不是没有缘故。

这个可爱的、小小的、裸着身体的乞丐，之所以假装着完全无助的样子，便是想要乞求妈妈的爱的财富。

孩童在纤小的新月的世界里，是一切束缚都没有的。

他之所以放弃了他的自由，并不是没有缘故。

他知道有无穷的快乐藏在妈妈的心的小小一隅里，被妈妈亲爱的手臂拥抱着，其甜美远胜过自由。

孩童永不知道如何哭泣，他所住的是完全的乐土。

他之所以要流泪，并不是没有缘故。

虽然他用了可爱的脸儿上的微笑，引逗得他妈妈的热切的心向着他，然而他那因为细故而发出的小小的哭声，却编成了怜与爱双重约束的带子。

不被注意的花饰

呵，谁给那件小外衫染上颜色的，我的孩子？

谁使你的温软的肢体穿上那件红色小外衫的？

你在早晨就跑出来到天井里玩儿，你，跑着就像摇摇欲坠似的。

但是谁给那件小外衫染上颜色的，我的孩子？

什么事叫你大笑起来的，我的小小的命芽儿？

妈妈站在门边，微笑地望着你。

她拍着双手，她的手镯叮当地响着；你手里拿着你的竹竿儿在跳舞，活像一个小小的牧童儿。但是是什么事叫你大笑起来的，我的小小的命芽儿？

喔，乞丐，你双手攀搂住妈妈的头颈，要乞讨些什么？

喔，贪得无厌的心，要我把整个世界从天上摘下来，像摘一个果子似的，把它放在你的一双小小的玫瑰色的手掌上吗？

喔，乞丐，你要乞讨些什么？

风高兴地带走了你踝铃的叮当。

太阳微笑着，望着你的打扮。

当你睡在你妈妈的臂弯里时，天空在上面望着你，而早晨蹑手蹑脚地走到你的床跟前，吻着你的双眼。

风高兴地带走了你踝铃的叮当。

仙乡里的梦婆飞过朦胧的天空，向你飞来。

在你妈妈的心头上，那世界母亲，正和你坐在一块儿。

他，向星星奏乐的人，正拿着他的横笛，站在你的窗边。

仙乡里的梦婆飞过朦胧的天空，向你飞来。

偷睡眠者

谁从孩子的眼里把睡眠偷了去呢？我一定要知道。

妈妈把她的水罐挟在腰间，走到近村汲水去了。

这是正午的时候。孩子们游戏的时间已经过去了，池中的鸭子沉默无声。

牧童躺在榕树的树荫下睡着了。

白鹤庄重而安静地立在果树边的泥泽里。

就在这个时候，偷睡眠者跑来从孩子的两眼里捉住睡眠，便飞去了。

当妈妈回来时，她看见孩子四肢着地，在屋里爬着。

谁从孩子的眼里把睡眠偷了去呢？我一定要知道。

我一定要找到她，把她锁起来。

我一定要向那个黑洞里张望。在这个洞里，有一道小泉从圆的和有皱纹的石上滴下来。

我一定要到醉花林中的沉寂的树影里搜寻。在这林中，鸽子在它们住的地方咕咕地叫着，仙女的脚环在繁星满天的静夜里叮当地响着。

我要在黄昏时，向静静的、萧萧的竹林里窥望。在这林中，萤火虫闪闪地耗费它们的光明，只要遇见一个人，我便要问他："谁能告诉我偷睡眠者住在什么地方？"

谁从孩子的眼里把睡眠偷了去呢？我一定要知道。

只要我能捉住她，怕不会给她一顿好教训！

我要闯入她的巢穴，看她把所有偷来的睡眠藏在什么地方。

我要把它都夺来，带回家去。

我要把她的双翼缚得紧紧的，把她放在河边，然后叫她拿一根芦苇，在灯芯草和睡莲间钓鱼为戏。

当黄昏，街上已经收了市，村里的孩子们都坐在妈妈的膝上时，夜鸟便会讥笑地在她耳边说："你现在还想偷谁的睡眠呢？"

开 始

“我是从哪儿来的？你，在哪儿把我捡起来的？”孩子问他的妈妈。

她把孩子紧紧地搂在胸前，半哭半笑地答道——

“你曾被我当作心愿藏在我的心里，我的宝贝。

“你曾存在于我孩童时代玩的泥娃娃身上。每天早晨我用泥土塑造我的神像，那时我反复塑了又捏碎了的就是你。

“你曾和我们的家庭守护神一同受到祀奉，我崇拜家神时也就崇拜了你。

“你曾活在我所有的希望和爱情里，活在我的生命里、我母亲的生命里。

“在主宰着我们家庭的不死的精灵的膝上，你已经被抚育了好多代了。

“当我做女孩子的时候，我心的花瓣儿张开，你就像一股花香似的散发出来。

“你软软的温柔，在我青春的肢体上开花了，像太阳出来之前的天空里的一片曙光。

“上天的第一宠儿，晨曦的孪生兄弟，你从世界的生命的溪流浮泛而下，终于停泊在我的心头。

“当我凝视你的脸蛋儿的时候，神秘之感湮没了我。你这属于一切人的，竟成了我的。

“因为怕失掉你，我把你紧紧地搂在胸前。是什么魔术把这世界的宝贝引到我这双纤小的手臂里来的呢？”

孩子的世界

我愿我能在我孩子自己的世界的中心，占一角清净地。

我知道有星星同他说话，天空也在他面前垂下，用它傻傻的云朵和彩虹来愉悦他。

那些大家以为他是哑的人，那些看上去像是永不会走动的人，都带了他们的故事，捧了满装着五颜六色的玩具的盘子，匍匐地来到他的窗前。

我愿我能在横过孩子心中的道路上游走，解脱一切的束缚。

在那儿，使者奉了无所谓的使命奔走于无史的诸王的王国间；

在那儿，理智以她的法律造为纸鸢而放飞，真理也使事实从桎梏中自由了。

时候与原因

当我送你五颜六色的玩具的时候，我的孩子，
我明白了为什么云上水上是这样的色彩缤纷，
为什么花朵染上绚烂的颜色——
当我送你五颜六色的玩具的时候，我的孩子。

当我唱着歌使你跳舞的时候，
我真的知道了为什么树叶儿响着音乐，
为什么波浪把它们合唱的声音送进静听着的大地的心头——
当我唱着歌使你跳舞的时候。

当我把糖果送到你贪得无厌的双手上的时候，
我知道了为什么在花萼里会有蜜，

为什么水果里会秘密地充溢了甜汁——

当我把糖果送到你贪得无厌的双手上的时候。

当我吻着你的脸蛋儿叫你微笑的时候，我的宝贝，

我的确明白了在晨光里，从天上流下来的是什么样的快乐，

而夏天的微风吹拂在我的身体上的又是什么样的爽快——

当我吻着你的脸蛋儿叫你微笑的时候。

责 备

为什么你眼里有了眼泪，我的孩子？

他们真是可怕，常常无谓地责备你！

你写字时，墨水玷污了你的手和脸——这就是他们骂你龌龊的缘故吗？

呵，呸！他们也敢因为圆圆的月儿用墨水涂了脸，便骂它龌龊吗？

他们总要为了每一件小事去责备你，我的孩子。

他们总是无谓地寻人错处。

你游戏时扯破了衣服——这就是他们说你不整洁的缘故？

呵，呸！秋之晨从它的破碎的云衣中露出微笑。那么，他们要叫它什么呢？

他们对你说什么话，尽管可以不去理睬，我的孩子。

他们把你做错的事长长地记了一笔账。

谁都知道你是十分喜欢糖果的——这就是他们称你贪婪的缘故吗？

呵，呸！我们是喜欢你的，那么他们要叫我们什么呢？

审判官

你想说他什么尽管说吧，但是我知道我孩子的短处。

我爱他并不因为他好，只是因为他是我的小小的孩子。

你如果把他的好处与坏处两两相权一下，恐怕你就会知道他是如何的可爱吧？

当我必须责罚他的时候，他更成为我生命的一部分了。

当我使他的眼泪流出时，我的心也和他一同哭了。

只有我才有权去骂他，去责备他：因为只有热爱人的人才可以惩戒人。

玩具

孩子，你真是快活呀！一早晨坐在泥土里，玩着折下来的小树枝儿。

我微笑着看你在那里玩弄那根折下来的小树枝儿。

我正忙着算账，一小时一小时地在那里叠加数字。

也许你在看我，心想："这种好没趣的游戏，竟把你一早晨的好时间浪费掉了！"

孩子，我忘了聚精会神玩耍树枝与泥饼的方法了。

我寻求贵重的玩具，收集金块与银块。

你呢，无论找到什么便去做你的快乐的游戏；我呢，却把我的时间与力气都浪费在那些我永不能得到的东西上。

我在我的脆薄的独木船里挣扎着，要航过欲望之海，竟忘了我也是在那里做游戏了。

天文家

我不过说："当傍晚圆圆的满月挂在迦昙波[①]的枝头时，有人能去捉住它吗？"

哥哥却对我笑道："孩子呀，你真是我所见到的顶顶傻的孩子。月亮离我们这样远，谁能去捉住它呢？"

我说："哥哥，你真傻！当妈妈向窗外探望，微笑着往下看我们游戏时，你也能说她远吗？"

哥哥还是说："你这个傻孩子！但是，孩子，你到哪里去找一个大得能逮住月亮的网呢？"

我说："你自然可以用双手去捉住它呀。"

但哥哥还是笑着说："你真是我所见到的顶顶傻的孩子！如

① 加昙波：原名Kadam，亦作Kadamba，学名Namlea Cadamba，意译"白花"，即昙花。

果月亮走近了，你便知道它是多么大了。”

我说：“哥哥，你们学校里所教的，真是没有用呀！当妈妈低下脸儿跟我们亲嘴时，她的脸看来也是很大的呀！”

但哥哥还是说：“你真是一个傻孩子。”

云与波

妈妈，住在云端的人对我唤道——

“我们从醒的时候游戏到白日终止。

“我们与黄金色的曙光游戏，我们与银白色的月亮游戏。”

我问道：“但是，我怎么能够上你那里去呢？”

他们答道：“你到地球的边上来，举手向天，就可以被接到云端里来了。”

“我妈妈在家里等我呢，”我说，“我怎么能离开她而来呢？”

于是他们微笑着浮游而去。

但是我知道一件比这更好的游戏，妈妈。

我做云，你做月亮。

我用两只手遮盖你，我们的屋顶就是青碧的天空。

住在波浪上的人对我唤道——

“我们从早晨唱歌到晚上；我们前进又前进地旅行，也不知我们所经过的是什么地方。”

我问道：“但是，我怎么才能加入你们的队伍呢？”

他们告诉我说：“来到岸旁，站在那里，紧闭你的两眼，你就被带到波浪上来了。”

我说：“傍晚的时候，我妈妈常要我在家里——我怎么能离开她而去呢？”

于是他们微笑着，跳着舞奔流过去。

但是我知道一件比这更好的游戏。

我是波浪，你是陌生的岸。

我奔流而进、进、进，笑哈哈地撞碎在你的膝上。

世界上就没有一个人会知道我俩在什么地方。

金色花

假如我变成一朵金色花[1]，为了好玩，长在树的高枝上，笑哈哈地在空中摇摆，又在新生的树叶上跳舞。妈妈，你会认识我吗？

你要是叫道："孩子，你在哪里呀？"我暗暗地在那里偷笑，却一声儿不响。

我要悄悄地开放花瓣儿，看着你工作。

当你沐浴后，湿发披在两肩，穿过金色花的林荫，走到做祷告的小庭院时，你会嗅到这花香，却不知道这香气是从我身上来的。

当你吃过午饭，坐在窗前读《罗摩衍那》，那棵树的阴影

① 金色花：印度圣树，木兰花属植物，开金黄色碎花。又译作"瞻波伽"或"占博迦"。

落在你的头发与膝上时，我便要将我小小的影子投在你的书页上，正投在你所读的地方。

但是你会猜得出这就是你孩子的小小影子吗？

当你黄昏时拿了灯到牛棚里去，我便要突然再落到地上来，又成了你的孩子，求你讲故事给我听。

“你到哪里去了，你这坏孩子？”

“我不告诉你，妈妈。”这就是你同我那时所要说的话了。

仙人世界

如果人们知道了我的国王的宫殿在哪里，它就会消失在空气中的。

墙壁是白色的银，屋顶是耀眼的黄金。

皇后住在有七个庭院的宫苑里，她戴的一串珠宝，值整整七个王国的全部财富。

不过，让我悄悄地告诉你，妈妈，我的国王的宫殿究竟在哪里。

它就在我们阳台的角上，在那栽着杜尔茜花的花盆放着的地方。

公主躺在远远的、隔着七个不可逾越的重洋的那一岸沉睡着。

除了我自己，世界上便没有人能够找到她。

她臂上戴有镯子，她耳上挂着珍珠，她的头发拖到地板上。

当我用我的魔杖点触她的时候，她就会醒过来；而当她微笑时，珠玉将会从她唇边落下来。

不过，让我在你的耳朵边悄悄地告诉你，妈妈，她就住在我们阳台的角上，在那栽着杜尔茜花的花盆放着的地方。

当你要到河里洗澡的时候，你走上屋顶的那座阳台来吧。

我就坐在墙的阴影所聚会的一个角落里。

我只让小猫儿跟我在一起，因为它知道那故事里的理发匠住的地方。

他住的地方，就在阳台的角上，在那栽着杜尔茜花的花盆放着的地方。

不过，让我在你的耳朵边悄悄地告诉你，那故事里的理发匠到底住在哪里。

他住的地方，就在阳台的角上，在那栽着杜尔茜花的花盆放着的地方。

流放的地方

妈妈，天空上的光成了灰色了，我不知道是什么时候了。

我玩得怪没劲儿的，所以到你这里来了。

这是星期六，是我们的休息日。

放下你的活计，妈妈，坐在靠窗的一边，告诉我，童话里的特潘塔沙漠在什么地方。

雨的影子遮掩了整个白天。

凶猛的电光用它的爪子抓着天空。

当乌云在轰轰地响着，天打着雷的时候，我总爱心里带着恐惧爬伏到你的身上。

当大雨倾泻在竹叶子上好几个钟头，而我们的窗户被狂风震得咯咯发响的时候，我就爱独自和你坐在屋里，妈妈，听你讲童话里的特潘塔沙漠的故事。

它在哪里？妈妈，在哪一个海洋的岸上？在哪些山峰的脚下？在哪一个国王的国土里？

田地上没有此疆彼壤的界石，也没有村人在黄昏时走回家的，或妇人在树林里捡拾枯枝而捆载到市场上去的道路。沙地上只有一小块一小块的黄色草地，只有一株树，就是那一对聪明的老鸟儿在那里做窝的，那个地方就是特潘塔沙漠。

我能够想象得到，就在这样一个乌云密布的日子，国王年轻的儿子，怎样独自骑着一匹灰色的马，走过这个沙漠，去寻找那被囚禁在不可知的重洋之外的巨人宫里的公主。

当雨雾在遥远的天空下降，

电光像一阵突然发作的痛楚的痉挛似的闪射的时候，他可记得他的不幸的母亲，为国王所弃，正在打扫牛棚，眼里流着眼泪，当他骑马走过童话里的特潘塔沙漠的时候？

看，妈妈，一天还没有完，天色就差不多黑了，那边村庄的路上没有什么旅客了。

牧童早就从牧场上回家了，人们都已从田地里回来，坐在他们草屋的檐下的草席上，望着阴沉的云块。

妈妈，我把我所有的书本都放在书架上了——不要叫我现在做功课。

当我长大了，大得像爸爸一样的时候，我将会学到必须学到的东西。

但是，今天你可得告诉我，妈妈，童话里的特潘塔沙漠在什么地方。

雨 天

乌云很快地集拢在森林黝黑的边缘上。

孩子，不要出去呀！

湖边的一行棕树，向冥暗的天空撞着头；

羽毛凌乱的乌鸦，静悄悄地栖在罗望子树[①]的枝上。

河的东岸正被乌沉沉的冥色所侵袭。

我们的牛系在篱上，高声嚎叫。

孩子，在这里等着，等我先把牛牵进牛棚里去。

许多人都挤在池水泛溢的田间，捉那从泛溢的池中逃出来的鱼儿。

---

① 罗望子：又名酸角、酸豆、罗晃子、甜目坎等，常绿乔木，原产印度及热带非洲，不仅是调味料，也是水果的一种。

雨水聚成了小河，流过狭街，好像一个嬉笑的孩子从他妈妈那里跑开，故意要恼她一样。

听呀，有人在浅滩上喊船夫呢。

孩子，天色冥暗了，渡头的摆渡已经停了。

天空好像是在滂沱的雨上快跑着；

河里的水喧叫而且暴躁；

妇人们早已拿着汲满了水的水罐，从恒河畔匆匆地回家了。

夜里用的灯，一定要预备好。

孩子，不要出去呀！

到市场去的大道已没有人走，到河边去的小路又很滑。

风在竹林里咆哮着、挣扎着，好像一只落在网中的野兽。

纸船

我每天把纸船一个个放在急流的溪中。

我用大黑字把我的名字和我住的村名写在纸船上。

我希望住在异地的人会得到这纸船，知道我是谁。

我把园中长的秀利花载在我的小船上，希望这些黎明开的花能在夜里被平平安安地带到岸上。我把我的纸船投到水里，仰望天空，看见小朵的云正张着满鼓着风的白帆。

我不知道天上有我的什么游伴把这些船放下来同我的船比赛！

夜来了，我的脸埋在手臂里，梦见我的纸船在子夜的星光下缓缓地浮泛向前。

睡仙坐在船里，带着满载着梦的篮子。

水 手

船夫曼特胡的船只停泊在拉琪根琪码头。

这艘船无用地装载着黄麻，无所事事地停泊在那里已经好久了。

只要他肯把他的船借给我，我就给它安装一百支桨，扬起五面或六面或七面布帆来。

我绝不把它驾驶到愚蠢的市场上去。

我将航行遍仙人世界里的七个大海和十三条河道。

但是，妈妈，你不会躲在角落里为我哭泣。

我不会像罗摩犍陀罗似的，到森林中去，一去十四年才回来。

我将成为故事中的王子，把我的船装满我所喜欢的东西。

我将带我的朋友阿细和我做伴。

我们要快快乐乐地航行于仙人世界里的七个大海和十三条河道。

我将在绝早的晨光里张帆航行。

中午，你正在池塘里洗澡的时候，我们将在一个陌生的国王的国土上了。

我们将经过特浦尼浅滩，把特潘塔沙漠抛落在我们的后边。

当我们回来的时候，天色快黑了，我将告诉你我们所见到的一切。

我将越过仙人世界里的七个大海和十三条河道。

对 岸

我渴想到河的对岸去。

在那边，好些船只一行儿系在竹竿上；

在那边，人们在早晨乘船渡过那边去，肩上扛着犁头，去耕耘他们远处的田；

在那边，牧人使他们鸣叫着的牛游到河旁的牧场去；

黄昏的时候，他们都回家了，只留下豺狼在这满长着野草的岛上哀叫。

妈妈，如果你不在意，我长大的时候，要做这渡船的船夫。

据说有好些古怪的池塘藏在这个高岸之后。

雨过去了，一群一群的野鹜飞到那里去，茂盛的芦苇在岸边四围生长，水鸟在那里生蛋；

竹鸡带着跳舞的尾巴，将它们细小的足印印在洁净的软泥上；

黄昏的时候，长草顶着白花，邀月光在长草的波浪上浮游。

妈妈，如果你不在意，我长大的时候，要做这渡船的船夫。

我要自此岸至彼岸，渡过来，渡过去，所有村中正在那儿沐浴的男孩女孩，都会诧异地望着我。

太阳升到中天，早晨变为正午了，我将跑到你那里去，说道："妈妈，我饿了！"

一天完了，影子俯伏在树底下，我便要在黄昏中回家来。

我将永不像爸爸那样，离开你到城里去做事。

妈妈，如果你不在意，我长大的时候，要做这渡船的船夫。

花的学校

当雷云在天上轰响，六月的阵雨落下的时候，湿润的东风走过荒野，在竹林中吹着口笛。

于是一群一群的花从无人知道的地方突然跑出来，在绿草上狂欢地跳着舞。

妈妈，我真的觉得那群花朵是在地下的学校里上学。

它们关了门做功课。如果它们想在放学以前出来游戏，它们的老师是要罚它们站墙角的。

雨一来，它们便放假了。

树枝在林中互相碰触着，绿叶在狂风里萧萧地响，雷云拍着大手。

这时花孩子们便穿了紫的、黄的、白的衣裳，冲了出来。

你可知道，妈妈，它们的家是在天上，在星星所住的地方。
你没有看见它们怎样地急着要到那儿去吗？
你不知道它们为什么那样急急忙忙吗？
我自然猜得出它们是对谁扬起双臂来：
它们也有它们的妈妈，就像我有我自己的妈妈一样。

商 人

妈妈，让我们想象，你待在家里，我到异邦去旅行。

再想象，我的船已经装得满满的，在码头上等候启航了。

现在，妈妈，好好想一想告诉我，回来时我要带些什么给你。

妈妈，你要一堆一堆的黄金吗？

在金河的两岸，田野里全是金色的稻实。

在林荫的路上，金色花也一朵一朵地落在地上。

我要为你把它们全都收拾起来，放在好几百个篮子里。

妈妈，你要秋天的雨点一般大的珍珠吗？

我要渡海到珍珠岛的岸上去。

那个地方，在清晨的曙光里，珠子在草地的野花上颤动，珠子落在绿草上，珠子被汹涌的海浪一大把一大把地撒在沙滩上。

我的哥哥呢，我要送他一对有翼的马，会在云端飞翔的。

爸爸呢，我要带一支有魔力的笔给他，他还没有感觉到，笔就写出字来了。

你呢，妈妈，我要把值七个王国的首饰箱和珠宝送给你。

同情

如果我只是一只小狗，而不是你的小孩，亲爱的妈妈，当我想吃你盘里的东西时，你要向我说“不”吗？

你要赶开我，对我说“滚开，你这淘气的小狗”吗？

那么，走吧，妈妈，走吧！当你叫唤我的时候，我就永不到你那里去，也永不要你再喂我吃东西了。

如果我只是一只绿色的小鹦鹉，而不是你的小孩，亲爱的妈妈，你要把我紧紧地锁住，怕我飞走吗？

你要对我指指点点地说“怎样的一只不知感恩的贱鸟呀！整日整夜地在咬它的链子”吗？那么，走吧，妈妈，走吧！我要跑到树林里去，我就永不再让你抱我在你的臂弯里了。

职　业

早晨，钟敲十下的时候，我沿着我们的小巷到学校去。

每天我都遇见那个小贩，他叫道："镯子呀，亮晶晶的镯子！"

他没有什么事情急着要做，他没有哪条街道一定要走，他没有什么地方一定要去，他没有什么规定的时间一定要回家。

我愿意我是一个小贩，在街上过日子，叫着："镯子呀，亮晶晶的镯子！"

下午四点钟，我从学校里回家。

从一家门口望去，我看见一个园丁在那里掘地。

他用他的锄子，要怎么掘，便怎么掘，他被尘土污了衣裳。

如果他被太阳晒黑了或是身上被打湿了，都没有人骂他。

我愿意我是一个园丁，在花园里掘地，谁也不来阻止我。

天色刚黑，妈妈就送我上床。

从开着的窗口，我看见更夫走来走去。

小巷又黑又冷清，路灯立在那里，像一个头上生着一只红眼睛的巨人。

更夫摇着他的提灯，跟他身边的影子一起走着，他一生一次都没有上床去过。

我愿意我是一个更夫，整夜在街上走，提了灯去追逐影子。

长 者

妈妈，你的孩子真傻！

她是那么可笑的不懂事！

她不知道路灯和星星的区别。

当我们玩着把小石子当食物的游戏时，她便以为它们真是吃的东西，竟想放进嘴里去。

当我翻开一本书，放在她面前，要她读 a、b、c 时，她却用手把书页撕了，无端快活地叫起来。你的孩子就是这样做功课的。

当我生气地对她摇头，骂她，说她顽皮时，她却哈哈大笑，以为很有趣。

谁都知道爸爸不在家。但是，如果我在游戏时高叫一声“爸爸”，她便要高兴地四面张望，以为爸爸真的近在身边。

当我把洗衣人带来的运载衣服回去的驴子当作学生，并且警告她说，我是老师时，她却无缘无故地乱叫起我哥哥来。

你的孩子要捉月亮。

她是这样的可笑：她把格尼许[①]唤作琪奴许。

妈妈，你的孩子真傻，她是那么可笑的不懂事！

① 格尼许：印度的一个普通名字，同时也是象头神的名字。

小大人

我人很小，因为我是一个小孩子。到了像爸爸一样的年纪时，我便要变大了。

我的老师要是走来说道："时候晚了，把你的石板、你的书拿来。"

我便要告诉他道："你不知道我已经同爸爸一样大了吗？我绝不再学什么功课了。"

我的老师便将惊异地说道："他读书不读书可以随便，因为他是大人了。"

我穿了衣裳，走到人群拥挤的市场里去。

我的叔叔要是跑过来说道："你要迷路了，我的孩子，让我领着你吧。"

我便要回答道："你没有看见吗，叔叔？我已经同爸爸一样大了。我决定独自到市场里去。"

叔叔便将说道："是的，他随便到哪里去都可以，因为他是大人了。"

当我正拿钱给我的保姆时，妈妈便要从浴室中出来，因为我是知道怎样用我的钥匙去开银箱的。妈妈要是说道："你在做什么呀，顽皮的孩子？"

我便要告诉她道："妈妈，你不知道我已经同爸爸一样大了吗？我必须拿钱给保姆。"

妈妈便将自言自语道："他可以随便把钱给他所喜欢的人，因为他是大人了。"

当十月里放假的时候，爸爸将要回家。

他会以为我还是一个小孩子，为我从城里带了小鞋子和小绸衫来。

我便要说道："爸爸，把这些东西给哥哥吧，因为我已经同你一样大了。"

爸爸便将想了一想，说道："他可以随便去买他自己穿的衣裳，因为他是大人了。"

十二点钟

妈妈，我真想现在不做功课了，我整个早晨都在念书呢。

你说，现在还不过是十二点钟。

假定不会晚过十二点吧，难道你不能把不过是十二点钟想象成下午吗？

我能够很容易地想象：现在太阳已经到了那片稻田的边缘上了，老态龙钟的渔婆正在池边采撷香草点缀她的晚餐。

我闭上眼就能够想到，马塔尔树下的阴影是更深黑了，池塘里的水看来黑得发亮。

假如十二点钟能够在黑夜里来到，为什么黑夜不能在十二点钟的时候来到呢？

著作家

你说爸爸写了许多书，我却不懂得他所写的东西。

他整个黄昏读书给你听，但是你真懂得他的意思吗？

妈妈，你给我们讲的故事，真是好听呀！

我很奇怪，爸爸为什么不能写那样的书呢？

难道他从来没有从他自己的妈妈那里听见过巨人、神仙和公主的故事吗？

还是他已经完全忘记了？

他常常耽误了沐浴，你不得不走去叫他一百多次。

你总要等候着，把他的菜温着等他。但他忘了，还只管写下去。

爸爸老是以著书为游戏。

如果我一走进爸爸房里去游戏，你就要走来叫道：“真是一个顽皮的孩子！”

如果我稍微弄出一点声音，你就要说：“你没有看见你爸爸正在工作吗？”

老是写了又写，有什么趣味呢？

当我拿起爸爸的钢笔或铅笔，跟他一模一样地在他的书上写着 a、b、c、d、e、f、g、h、i——那时，你为什么对我生气呢，妈妈？

爸爸写时，你却从来不说一句话。

当我爸爸耗费了那么一大堆纸时，妈妈，你似乎全不在乎。但是，如果我只取了一张纸去做一只船，你却要说：“孩子，你真讨厌！”

你对于爸爸拿黑点子涂满了纸的两面，污损了许多许多张纸，心里以为怎样呢？

恶邮差

你为什么坐在那边地板上不言不动的？

告诉我呀，亲爱的妈妈。

雨从开着的窗口打进来了，把你身上全打湿了，你却不管。

你听见钟已打了四下吗？

正是哥哥从学校里回家的时候了。

到底发生了什么事，你的神色这样不对？

你今天没有接到爸爸的信吗？

我看见邮差从他的袋里拿出许多信来，几乎镇里的每个人都分送到了。

只有爸爸的信，他留起来给他自己看。

我确信这个邮差是个坏人。

但是不要因此不乐呀，亲爱的妈妈。

明天是邻村市集的日子。你叫女仆去买些笔和纸来。

我自己会写爸爸所写的一切信，使你找不出一点错处来。

我要从 A 字一直写到 K 字。

但是，妈妈，你为什么笑呢？

你不相信我能写得像爸爸一样好！

但是我将用心画格子，把所有的字母都写得又大又美。

当我写好时，你以为我也像爸爸那样傻，把它投入可怕的邮差的袋中吗？

我立刻就自己送来给你，而且一个字母、一个字母地帮助你读。

我知道那邮差是不肯把真正的好信送给你的。

英　雄

妈妈，让我们想象我们正在旅行，经过一个陌生而危险的国土。

你坐在一顶轿子里，我骑着一匹红马，在你旁边跑着。

黄昏的时候，太阳已经下山了。

约拉地希[①]的荒地疲乏而灰暗地展开在我们面前。

大地是凄凉而荒芜的。

你害怕了，心想：我不知道我们到了什么地方了。

我对你说道："妈妈，不要害怕。"

草地上刺蓬蓬地长着针尖似的草，一条狭而崎岖的小道通过这块草地。

① 约拉地希，此处英文为"Joradighi"。——译者注

在这片广大的地面上看不见一头牛，它们已经回到它们村里的牛棚里去了。

天色黑了下来，大地和天空都显得朦朦胧胧的，而我们不能说出我们正走向什么地方。

突然间，你叫我，悄悄地问我道："靠近河岸的是什么火光呀？"

正在那个时候，一阵可怕的呐喊声爆发了，好些人影向我们跑过来。

你蹲坐在你的轿子里，嘴里反复地祷念着神的名字。

轿夫们，怕得发抖，躲藏在荆棘丛中。

我向你喊道："不要害怕，妈妈，有我在这里。"

他们手里执着长棒，头发披散着，越走越近了。

我喊道："要当心！你们这些坏蛋！再向前走一步，你们就要送命了。"

他们又发出一阵可怕的呐喊声，向前冲过来。

你抓住我的手，说道："好孩子，看在上天面上，躲开他们罢。"

我说道："妈妈，你瞧我的。"

于是我刺策着我的马匹，猛奔过去，我的剑和盾彼此碰着作响。

这一场战斗是那么激烈，妈妈，如果你从轿子里看得见的话，你一定会打冷战的。

他们之中，许多人逃走了，还有好些人被砍杀了。

我知道你那时独自坐在那里，心里正在想着，你的孩子这时候一定已经死了。

但是我跑到你的跟前，浑身溅满了鲜血，说道："妈妈，现在战争已经结束了。"

你从轿子里走出来，吻着我，把我搂在你的心头，你自言自语地说道："如果没有我的孩子护送我，我简直不知道怎么办才好。"

一千件无聊的事天天在发生，为什么这样一件事不能够偶然实现呢？

这很像一本书里的一个故事。

我的哥哥要说道："这是可能的事吗？我老是想，他是那么嫩弱呢！"

我们村里的人们都要惊讶地说道："这孩子正和他妈妈在一起，这不是很幸运吗？"

告 别

是我走的时候了，妈妈，我走了。

当清寂的黎明，你在暗中伸出双臂，要抱你睡在床上的孩子时，我要说道："孩子不在那里呀！"——妈妈，我走了。

我要变成一股清风抚摸着你；我要变成水中的涟漪，当你沐浴时，把你吻了又吻。

大风之夜，当雨点在树叶上淅沥时，你在床上会听见我的微语；当电光从开着的窗口闪进你的屋里时，我的笑声也偕了他一同闪进了。

如果你醒着躺在床上，想你的孩子直到深夜，我便要从星空向你唱道："睡呀！妈妈，睡呀。"我要坐在各处游荡的月光上，偷偷地来到你的床上，趁你睡着时，躺在你的胸上。

我要变成一个梦儿，从你眼皮的微缝中钻到你的睡眠的深处。

当你醒来吃惊地四望时，我便如闪耀的萤火似的，熠熠地向暗中飞去了。

当普耶节[1]，邻家的孩子们来屋里游玩时，我便要融化在笛声里，整日在你心头震荡。

亲爱的阿姨带了普耶节礼物来，问道："我们的孩子在哪里，姐姐？"

妈妈，你将要柔声地告诉她："他呀，他现在是在我的瞳仁里，他现在是在我的身体里、我的灵魂里。"

---

① 普耶（Puja）：意为"祭神大典"，是指印度十月间的"难近母祭日"，这一天亲友要互相赠送礼物。

召唤

她走的时候，夜间黑漆漆的，他们都睡了。

现在，夜间也是黑漆漆的，我唤她道：

“回来，我的宝贝。世界都在沉睡，当星星互相凝视的时候，你来一会儿是没有人知道的。”

她走的时候，树木正在萌芽，春光刚刚来到。

现在花已盛开，我唤道：

“回来，我的宝贝。孩子们漫不经心地在游戏，把花聚在一块儿，又把它们散开。你如果走来，拿一朵小花去，没有人会发觉的。”

那些常常在游戏的人，仍然在那里游戏，生命总是如此地浪费。

我静听他们的空谈，便唤道：

“回来，我的宝贝，妈妈的心里充满着爱，你如果走来，仅仅从她那里接一个小小的吻，没有人会妒忌的。”

第一次的茉莉

呵，这些茉莉花，这些白的茉莉花！

我仿佛记得我第一次双手满捧着这些茉莉花，这些白的茉莉花的时候。

我喜爱那日光，那天空，那绿色的大地；

我听见那河水淙淙的流声，在漆黑的午夜里传过来；

秋天的夕阳，在荒原上大路转角处迎我，如新妇揭起她的面纱迎接她的爱人。

但我想起孩提时第一次捧在手里的白茉莉，心里充满着甜蜜的回忆。

我生平看过许多快活的日子。在节日宴会的晚上，我曾跟着说笑话的人大笑。

在灰暗的雨天的早晨，我吟哦过许多飘逸的诗篇。

我颈上戴过爱人手织的醉花的花圈，作为晚装。

但我想起孩提时第一次捧在手里的白茉莉，心里充满着甜蜜的回忆。

榕 树

喂，站在池边的蓬头的榕树，你可曾忘记了那小小的孩子，就像那在你的枝上筑巢又离开了你的鸟儿似的孩子？

你不记得他怎样坐在窗内，诧异地望着你那深入地下的纠缠的树根吗？

妇人们常到池边，汲了满罐的水去，你的大黑影便在水面上摇动，好像睡着的人挣扎着要醒来似的。

日光在微波上跳舞，好像从不停息的小梭在织着金色的花毡。

两只鸭子挨着芦苇，在芦苇影子上游来游去，孩子静静地坐在那里想着。

他想做风，吹过你萧萧的枝杈；

想做你的影子，在水面上，随了日光而俱长；

想做一只鸟儿，栖息在你最高的枝上；

还想做那两只鸭子，在芦苇与阴影中间游来游去。

祝 福

祝福这个小心灵，这个洁白的灵魂，他为我们的大地，赢得了天的接吻。

他爱日光，他爱见他妈妈的脸。

他没有学会厌恶尘土而渴求黄金。

紧紧把他抱在你心里，并且祝福他。

他已来到这个歧路百出的大地上了。

我不知道他怎么从群众

中选出你来，来到你的门前，抓住你的手问路。

他笑着，谈着，跟着你走，心里没有一点儿疑惑。

不要辜负他的信任，引导他到正路，并且祝福他。

把你的手按在他的头上，祈求着：

底下的波涛虽然险恶，然而从上面来的风会鼓起他的船帆，送他到和平的港口的。

不要在忙碌中把他忘了，让他来到你的心里，并且祝福他。

赠品

我要送些东西给你，我的孩子，因为我们同样漂泊在世界的溪流中。

我们的生命将被分开，我们的爱也将被忘记。

但我没有那样傻，希望能用我的赠品来买你的心。

你的生命正是青青，你的道路也长着呢，你一口气饮尽了我们带给你的爱，便回身离开我们跑了。

你有你的游戏，有你的游伴。如果你没有时间同我们在一起，如果你想不到我们，那有什么害处呢？

我们呢，自然的，在老年时，会有许多闲暇的时间，去计算那过去的日子，把我们手里永久丢失了的东西，在心里爱抚着。

河流唱着歌很快地游去，冲破所有的堤防，但是山峰留在那里，忆念着，满怀依依之情。

我的歌

我的孩子，我这一支歌将用它的乐声围绕你，好像那爱情的热恋的手臂一样。

我这一支歌将触着你的前额，好像那祝福的接吻一样。

当你只是一个人的时候，它将坐在你的身旁，在你耳边微语着；

当你在人群中的时候，它将围住你，使你超然物外。

我的歌将成为你的梦的翼翅，它将把你的心移送到不可知的岸边。

当黑夜覆盖在你路上的时候，它又将成为那照临在你头上的忠实的星光。

我的歌又将坐在你眼睛的瞳仁里，将你的视线带入万物的心里。

当我的声音因死亡而沉寂时，我的歌仍将在你活泼的心中唱着。

孩子天使

他们喧哗争斗，他们怀疑失望，他们辩论而没有结果。

我的孩子，让你的生命到他们当中去，如一线镇定而纯洁之光，使他们愉悦而沉默。

他们的贪心和妒忌是残忍的；他们的话，好像暗藏的刀刃，渴欲饮血。

我的孩子，去，去站在他们愤懑的心中，把你的和善的眼光落在他们上面，好像那傍晚的宽宏大量的和平，覆盖着日间的骚扰一样。

我的孩子，让他们望着你的脸，因此能够知道一切事物的意义；让他们爱你，因此使他们也能相爱。

来，坐在无垠的胸膛上，我的孩子。朝阳出来时，开放而且抬起你的心，像一朵盛开的花；在夕阳落下时，低下你的头，默默地做完这一天的礼拜。

最后的买卖

早晨，我在石铺的路上走时，我叫道：“谁来雇用我呀？”
皇帝坐着马车，手里拿着剑走来。
他拉着我的手，说道：“我要用权力来雇用你。”
但是他的权力算不了什么，他坐着马车走了。

正午炎热的时候，家家户户的门都闭着。
我沿着弯曲的小巷走去。
一个老人带着一袋金钱走出来。
他斟酌了一下，说道：“我要用金钱来雇用你。”
他一个一个地数着他的钱，我却转身离去了。

黄昏了，花园的篱上满开着花。

美人走出来，说道："我要用微笑来雇用你。"

她的微笑黯淡了，化成泪容了，她孤寂地回身走进黑暗里去。

太阳照耀在沙地上，海浪任性地四溅。

一个小孩坐在那里玩贝壳。

他抬起头来，好像认识我似的，说道："我雇你不用什么东西。"

在这个小孩的游戏中做成的买卖，使我从此以后成了一个自由的人。

飞鸟集

一九二二年版《飞鸟集》序言

译诗是一件最不容易的工作。原诗音节的保留固然是绝不可能的事！就是原诗意义的完全移植，也十分困难。散文诗算是最容易译的，但有时也需费十分的力气。如惠特曼（Walt Whitman）的《草叶集》便是一个例子。这有两个原因：

第一，有许多诗中特用的美丽文句，差不多是不能移动的。在一种文字里，这种字眼是“诗的”，是“美的”，如果把它移植在第二种文字中，不是找不到相当的好字，便是把原意丑化了，变成非“诗的”了。在泰戈尔的《人格论》中，曾讨论到这一层。他以为诗总是要选择那“有生气的”字眼——就是那些不仅仅为报告用而能融化于我们心中，不因市井常用而损坏它的形式的字眼。譬如在英文里，“意识”（consciousness）这个字，带有多少科学的意义，所以诗中不常用它。印度文的同义词 chetana 则是一个“有生气”而常用于诗歌里的字。又如英文的“感情”（feeling）这个字是充满了生命的，但孟加拉文里的同义词 anubhuti 则诗中绝无用之者。在这些地方，译诗的人实在感到万分的困难。

第二，诗歌的文句总是含蓄的、暗示的。它的句法的构造，多简短而含义丰富。有的时候，简直不能译。如直译，则不能达意。如稍加诠释，则又把原文的风韵与含蓄完全丢失，而使之不成一首诗了。

因此，我主张诗集的介绍，只应当在可能的范围选择，而不能——也不必——完全整册地搬运过来。大概诗歌的选译，有两个方便的地方：

第一，选择可以适应译者的兴趣。一部诗集中的许多诗，译者未必都十分喜欢。如果不十分喜欢它，不十分感觉到它的美好，则他的译文必不能十分得神，至少也把这快乐的工作变成一种无意义的苦役。选译则可以减灭译者的这层痛苦。

第二，便是减少上述的两层翻译上的困难。因为如此便可以把不能译的诗，不必译出来。译出来而丑化了或是为读者所看不懂，则反不如不译的好。

但我并不是在这里宣传选译主义。诗集的全选，是我所极端希望而且欢迎的。不过这种工作应当让给那些有全译能力的译者去做。我为自己的兴趣与能力所限制，实在不敢担任这种重大的工作。且为大多数的译者计，我也主张选译是较好的一种译诗方法。

现在我译泰戈尔的诗，便实行了这种选译的主张，以前我也有全译泰戈尔各诗集的野心。有好些友人也极力劝我把它们全译出来。我试了几次，但我的野心与被大家鼓起的勇气，终于被我的能力与兴趣打败了。

现在所译的泰戈尔各集的诗，都是我最喜欢读的，而且是能够译得出的。

有许多诗，我自信是能够译得出的，但因为自己翻译它们的兴趣不大强烈，便不高兴去译它们。还有许多诗我是很喜欢读它们，而且是极愿意把它们译出来的，但因为自己的能力不允许，便也只好舍弃了它们。

即使在这些译出的诗中，有许多也是自己觉得译得不好，心中很不满意的。但我实在不忍再割舍它们了，只好请读者赏读它们的原意，不必注意粗陋的译文。

泰戈尔的诗集用英文出版的共有六部：

（一）《园丁集》（*Gardener*）

（二）《吉檀迦利》（*Jitanjali*）

（三）《新月集》（*Crescent Moon*）

（四）《采果集》（*Fruit-Gathering*）

（五）《飞鸟集》（*Stray Birds*）

（六）《爱者之贻与歧路》（*Lover's Gift And Crossing*）

但据 B. K. Roy 的《泰戈尔与其诗》（R. Tagore：*The Man*

and His Poetry）一书上所载，他用孟加拉文写的重要诗集，却有下面的许多种：

Sandhva Sangit,	*Kshanika,*
Probhat Sangit,	*Kanika,*
Bhanusingher Padabali,	*Kahini,*
Chabi O Gan,	*Sishn,*
Kari O Komal,	*Naibadya,*
Prakritir Pratisodh,	*Utsharga,*
Sonartari,	*Kheya,*
Chaitali,	*Gitanzali,*
Kalpana,	*Gitimal ya,*
Katha.	

我的这几本诗选，是根据那六部用英文写的诗集译下来的。因为我不懂梵文。

在这几部诗集中，间有重出的诗篇，如《海边》一诗，已见于《新月集》中，而又列入《吉檀迦利》，排为第六十首。《飞鸟集》的第九十八首，也与同集中的第二百六十三首相同。像这一类的诗篇，都照先见之例，把它列入最初见的地方。

我的译文自信是很忠实的。误解的地方，却也保不定完全没有。如读者偶有发现，肯公开地指教我，那是我所异常欢迎的。

郑振铎

一九二二，六，二六

1

夏天的飞鸟，飞到我窗前唱歌，又飞走了。秋天的黄叶，它们没有什么可唱，只叹息一声，飞落在那里。

2

世界上的一队小小的漂泊者呀，请留下你们的足印在我的文字里。

3

世界对着它的爱人，把它浩瀚的面具揭下了。它变小了，小如一首歌，小如一回永恒的接吻。

4

是大地的泪点，使她的微笑保持着青春不谢。

5

无垠的沙漠热烈追求着一叶绿草的爱，她摇摇头笑着飞开了。

6

如果你因失去了太阳而流泪，那么你也将失去群星了。

7

跳舞着的流水呀，在你途中的泥沙，要求你的歌声，你的流动呢。你肯挟跛足的泥沙而俱下吗？

8

她热切的脸，如夜雨似的，搅扰着我的梦魂。

9

有一次，我们梦见大家都是不相识的。

我们醒了，却知道我们原是相亲相爱的。

10

忧思在我的心里平静下去，正如暮色降临在寂静的山林中。

11

有些看不见的手指，如懒懒的微飔似的，正在我的心上，奏着潺湲的乐声。

12

“海水呀，你说的是什么？”

“是永恒的疑问。”

“天空呀，你回答的是什么？”

“是永恒的沉默。”

13

静静地听，我的心呀，听那世界的低语，这是他对你求爱的表示呀。

14

创造的神秘，有如夜间的黑暗——是伟大的，而知识的幻影却不过如晨间之雾。

15

不要因为峭壁是高的，而让你的爱情坐在峭壁上。

16

我今晨坐在窗前，世界如一个过路人似的，停留了一会儿，向我点点头又走过去了。

17

这些微思，是绿叶的簌簌之声呀，它们在我的心里欢悦地微语着。

18

你看不见你自己，你所看见的只是你的影子。

19

神呀，我的那些愿望真是愚傻呀，它们杂在你的歌声中喧叫着呢。

让我只是静听着吧。

20

我不能选择那最好的。

是那最好的选择我。

21

那些把灯背在背上的人，把他们的影子投到了自己前面。

22

我的存在，对我是一个永久的神奇，这就是生活。

23

“我们萧萧的树叶都有声响回答那风和雨。你是谁呢，那样地沉默着？”

“我不过是一朵花。”

24

休息与工作的关系，正如眼睑与眼睛的关系。

25

人是一个初生的孩子，他的力量，就是生长的力量。

26

神希望我们酬谢他，在于他送给我们的花朵，而不在于太阳和土地。

27

光明如一个裸体的孩子，快活地在绿叶当中游戏，它不知道人是会欺诈的。

28

啊，美呀，在爱中找你自己吧，不要到你镜子的谄谀中去找寻。

29

我的心把她的波浪在世界的海岸上冲激着，以热泪在上边写着她的题记:“我爱你。”

30

“月儿呀，你在等候什么呢？”

“向我将让位给他的太阳致敬。”

31

绿树长到了我的窗前，仿佛是喑哑的大地发出的渴望的声音。

32

神自己的清晨，在他自己看来也是新奇的。

33

生命从世界得到资产，爱情使它得到价值。

34

枯竭的河床，并不感谢它的过去。

35

鸟儿愿为一朵云。

云儿愿为一只鸟。

36

瀑布歌唱道："我得到自由时便有了歌声了。"

37

我说不出这心为什么那样默默地颓丧着。是为了它那不曾要求、不曾知道、不曾记得的小小的需求。

38

妇人，你在料理家事的时候，你的手足歌唱着，正如山间的溪水歌唱着在小石中流过。

39

当太阳横过西方的海面时，对着东方留下他最后的敬礼。

40

不要因为你自己没有胃口而去责备你的食物。

41

群树如表示大地的愿望似的，踮起脚来向天空窥望。

42

你微微地笑着，不同我说什么话。而我觉得，为了这个，我已等待很久了。

43

水里的游鱼是沉默的，陆地上的兽类是喧闹的，空中的飞鸟是歌唱着的。人类却兼有海里的沉默、地上的喧闹与空中的音乐。

44

世界在踌躇之心的琴弦上跑过去，奏出忧郁的乐声。

45

他把他的刀剑当作他的上帝。

当他的刀剑胜利时，他自己却失败了。

46

神从创造中找到他自己。

47

“阴影”戴上她的面幕，秘密地、温顺地，用她的沉默的爱的脚步，跟在“光”后面。

48

群星不怕显得像萤火虫那样。

49

谢谢神，我不是一个权力的轮子，而是被压在这轮下的活人之一。

50

心是尖锐的，不是宽博的，它执着在每一点上，却并不活动。

51

你的偶像委散在尘土中了，这可证明神的尘土比你的偶像还伟大。

52

人不能在他的历史中表现出自己，他在历史中奋斗着露出头角。

53

玻璃灯因为瓦灯叫它表兄而责备瓦灯，但当明月出来时，玻璃灯却温和地微笑着，叫明月为“我亲爱的，亲爱的姐姐”。

54

我们如海鸥之与波涛相遇似的，遇见了，走近了。海鸥飞去，波涛滚滚地流开，我们也分别了。

55

我的白昼已经完了，我像一艘泊在海滩上的小船，谛听着晚潮跳舞的乐声。

56

我们的生命是天赋的，我们唯有献出生命，才能得到生命。

57

当我们大为谦卑的时候，便是我们最接近伟大的时候。

58

麻雀看见孔雀负担着它的翎尾，替它担忧。

59

绝不要害怕刹那——永恒之声这样唱着。

60

飓风于无路之中寻求最短之路，又突然在“无何有之国”终止了它的寻求。

61

在我自己的杯中，饮了我的酒吧，朋友。一倒在别人的杯里，这酒里腾跳的泡沫便要消失了。

62

“完全”为了对“不全”的爱，把自己装饰得美丽。

63

神对人说：“我医治你，所以伤害你；我爱你，所以惩罚你。”

64

谢谢火焰给你光明，但是不要忘了那执灯的人，他坚忍地站在黑暗当中呢。

65

小草呀，你的足步虽小，但是你拥有你足下的土地。

66

幼花的蓓蕾开放了，它叫道：“亲爱的世界呀，请不要萎谢了。”

67

神对于那些大帝国会感到厌恶，却绝不会厌恶那些小小的花朵。

68

错误经不起失败，但是真理却不怕失败。

69

瀑布歌唱道：“虽然渴者只要少许的水便够了，我却很快活地给予了我全部的水。”

70

把那些花朵抛掷上去的那一阵子无休无止、狂欢大喜的劲儿，其源泉是在哪里呢？

71

樵夫的斧头，问树要斧柄。

树便给了他。

72

这寡独的黄昏，和着雾与雨，我在我心的孤寂里，感觉到它的叹息。

73

贞操是从丰富的爱情中生出来的财富。

74

雾，像爱情一样，在山峰的心上游戏，生出种种美丽的变幻。

75

我们把世界看错了，反说它欺骗我们。

76

诗人——飙风，正越过海洋和森林，追求它自己的歌声。

77

每一个孩子出生时，都带来信息说：神对人并未灰心失望。

78

绿草求她地上的伴侣。

树木求他天空的寂寞。

79

人对他自己建筑起堤防来。

80

我的朋友，你的语声飘荡在我的心里，像那海水的低吟声缭绕在静听着的松林之间。

81

这个不可见的黑暗之火焰，以繁星为其火花，到底是什么呢?

82

使生如夏花之绚烂，死如秋叶之静美。

83

那想做好人的，在门外敲着门；那爱人的，看见门敞开着。

84

在死的时候，众多合而为一；在生的时候，一化为众多。神死了的时候，宗教便将合而为一。

85

艺术家是自然的情人，所以他是自然的奴隶，也是自然的主人。

86

“你离我有多远呢，果实呀？”

“我藏在你心里呢，花呀。”

87

这个渴望是为了那个在黑夜里感觉得到、在大白天里却看不见的人。

88

露珠对湖水说道：“你是在荷叶下面的大露珠，我是在荷叶上面较小的露珠。”

89

刀鞘保护刀的锋利，它自己则满足于自己的迟钝。

90

在黑暗中，“一”视若一体；在光亮中，“一”便视若众多。

91

大地借助于绿草，显出她自己的殷勤好客。

92

绿叶的生与死乃是旋风的急骤的旋转，它更广大的旋转的圈子乃是在天上繁星之间徐缓的转动。

93

权势对世界说道："你是我的。"

世界便把权势囚禁在她的宝座下面。

爱情对世界说道："我是你的。"

世界便给予爱情在她屋内来往的自由。

94

浓雾仿佛是大地的愿望。

它藏起了太阳，而太阳乃是它所呼求的。

95

安静些吧，我的心，这些大树都是祈祷者呀。

96

瞬刻的喧声讥笑着永恒的音乐。

97

我想起了浮泛在生与爱与死的川流上的许多别的时代，以及这些时代之被遗忘，我便感觉到离开尘世的自由了。

98

我灵魂里的忧郁就是她新婚的面纱。

这面纱等候着在夜间卸去。

99

死之印记给生的钱币以价值，使它能够用生命来购买那真正的宝物。

100

白云谦逊地站在天之一隅。

晨光给它戴上了霞彩。

101

尘土受到损辱，却以她的花朵来报答。

102

只管走过去，不必逗留着去采了花朵来保存，因为一路上花朵自会继续开放的。

103

根是地下的枝。

枝是空中的根。

104

远远去了的夏之音乐，翱翔于秋间，寻求它的旧垒。

105

不要从你自己的袋里掏出勋绩借给你的朋友，这是在污辱他。

106

无名日子的感触，攀缘在我的心上，正像那绿色的苔藓，攀缘在老树的周身。

107

回声嘲笑它的原声，以证明它是原声。

108

当富贵利达的人夸说他得到神的特别恩惠时，神却羞了。

109

我投射我自己的影子在我的路上，因为我有一盏还没有燃点起来的明灯。

110

人走进喧哗的群众里去，为的是要淹没他自己沉默的呼号。

111

终止于衰竭的是“死亡”，但“圆满”却终止于无穷。

112

太阳只穿一件朴素的光衣，白云却披了灿烂的裙裾。

113

山峰如群儿之喧嚷，举起他们的双臂，想去捉天上的星星。

114

道路虽然拥挤，却是寂寞的，因为它是不被爱的。

115

权势以它的恶行自夸，落下的黄叶与浮游的云片却在笑它。

116

今天，大地在太阳光里向我营营哼鸣，像一个织着布的妇人，用一种已经被忘却的语言，哼着一些古代的歌曲。

117

绿草是无愧于它所生长的伟大世界的。

118

梦是一个一定要谈话的妻子。

睡眠是一个默默忍受的丈夫。

119

夜与逝去的日子接吻，轻轻地在他耳旁说道：“我是死，是你的母亲。我就要给你以新的生命。”

120

黑夜呀，我感觉到你的美了。你的美如一个可爱的妇人，当她把灯灭了的时候。

121

我把那些已逝去的世界上的繁荣带到我的世界来。

122

亲爱的朋友呀，当我静听着海涛时，我好几次在暮色深沉的黄昏里，在这个海岸上，感到你伟大思想的沉默。

123

鸟以为把鱼举在空中是一种慈善的举动。

124

夜对太阳说道：“在月亮中，你送了你的情书给我。”“我已在绿草上留下我流着泪点的回答了。”

125

伟人是一个天生的孩子，当他死时，他把他伟大的孩提时代给了世界。

126

不是槌的打击，乃是水的载歌载舞，使鹅卵石臻于完美。

127

蜜蜂从花中啜蜜，离开时嘤嘤地道谢。

浮华的蝴蝶却相信花是应该向它道谢的。

128

如果你不等待着要说出完全的真理，那么把真话说出来是很容易的。

129

“可能”问“不可能”道：“你住在什么地方呢？”

它回答道：“在那无能为力者的梦境里。”

130

如果你把所有的错误都关在门外，真理也要被关在外面了。

131

我听见有些东西在我心的忧闷后面萧萧作响，而我不能看见它们。

132

闲暇在动作时便是工作。

静止的海水荡动时便成波涛。

133

绿叶恋爱时，便成了花。

花崇拜时，便成了果实。

134

埋在地下的树根使树枝产生果实，却不要什么报酬。

135

阴雨的黄昏，风无休止地吹着。

我看着摇曳的树枝，感念着万物的伟大。

136

子夜的风雨，如一个巨大的孩子，在不合时宜的黑夜里醒来，开始游戏和喧闹。

137

海呀，你这暴风雨的孤寂的新妇呀，你虽掀起波浪追随你的情人，但是无用呀。

138

文字对工作说道："我惭愧我的空虚。"工作对文字说道："当我看见你时，我便知道我是怎样地贫乏了。"

139

时间是变化的财富，时钟模仿它，却只有变化而无财富。

140

真理穿了衣裳，觉得事实太拘束了。

在想象中，她却转动得很舒畅。

141

当我到这里那里旅行着时，路呀，我厌倦你了；但是现在，当你引导我到各处去时，我便爱上你，与你结婚了。

142

让我设想，在群星之中，有一颗星是指导着我的生命通过不可知的黑暗的。

143

妇人，你用了你美丽的手指，触着我的什物，秩序便如音乐似的生出来了。

144

一个忧郁的声音，筑巢于逝水似的年华中。

它在夜里向我唱道：“我爱你。”

145

燃着的火，以它熊熊的光焰，警告我不要走近它。把我从潜藏在灰中的余烬里救出来吧。

146

我有群星在天上。

但是，唉，我屋里的小灯却没有点亮。

147

死文字的尘土沾着你。

用沉默去洗净你的灵魂吧。

148

生命里留了许多罅隙，从中送来了死之忧郁的音乐。

149

世界已在早晨敞开了它的光明之心。

出来吧，我的心，带着你的爱去与它相会。

150

我的思想随着这些闪耀的绿叶而闪耀，我的心灵因为这日光的触摸而歌唱，我的生命因为偕了万物一同浮泛在空间的蔚蓝、时间的墨黑而感到欢快。

151

神巨大的威权是在柔和的微风里，而不在狂风暴雨之中。

152

在梦中，一切事都散漫着，都压着我，但这不过是一个梦呀。当我醒来时，我便觉得这些事都已聚集在你那里，我也将自由了。

153

落日问道："有谁继续我的职务呢？"瓦灯说道："我要尽我所能地去做，我的主人。"

154

采着花瓣时，得不到花的美丽。

155

沉默蕴蓄着语声，正如鸟巢拥围着睡鸟。

156

大的不怕与小的同游。居中的却远而避之。

157

夜秘密地把花开放了，却让白日去领受谢词。

158

权势认为牺牲者的痛苦是忘恩负义。

159

当我们以我们的充实为乐时，我们便能很快乐地跟我们的果实分手了。

160

雨点吻着大地，微语道："我们是你思家的孩子，母亲，现在从天上回到你这里来了。"

161

蛛网好像要捉露珠，却捉住了苍蝇。

162

爱情呀！当你手里拿着点亮了的痛苦之灯走来时，我能够看见你的脸，而且以你为幸福。

163

萤火对天上的星说道："学者说你的光明总有一天会消灭的。"天上的星不回答他。

164

在黄昏的微光里，有那清晨的鸟儿来到了我沉默的鸟巢里。

165

思想掠过我的心上，如一群野鸭飞过天空。

我听见它们的鼓翼之声了。

166

沟洫总喜欢想：河流的存在，是专为它供给水流的。

167

世界以它的痛苦同我接吻，而要求歌声做报酬。

168

压迫着我的，到底是我想要外出的灵魂呢，还是那世界的灵魂，敲着我的心门想要进来呢？

169

思想以它自己的言语喂养它自己，而成长起来。

170

我把我的心之碗轻轻浸入这沉默之时刻中，它盛满了爱。

171

或者你在工作，或者你没有。

当你不得不说“让我们做些事吧”时，就要开始胡闹了。

172

向日葵羞于把无名的花朵看作它的同胞。太阳升上来了，向它微笑，说道：“你好吗，我的宝贝儿？”

173

“谁如命运似的催着我向前走呢？”“那是我自己，在身背后大跨步走着。”

174

云把水倒在河的水杯里，它们自己却藏在远山之中。

175

我一路走去，从我的水瓶中漏出水来。

只剩下极少极少的水供我回家使用。

176

杯中的水是光辉的，海中的水却是黑色的。

小理可以用文字来说清楚，大理却只有沉默。

177

你的微笑是你自己田园里的花，你的谈吐是你自己山上松林的萧萧；但是你的心呀，却是那个女人，那个我们全都认识的女人。

178

我把小小的礼物留给我所爱的人——大的礼物却留给一切的人。

179

妇人呀，你用泪海包绕着世界的心，正如大海包绕着大地。

180

太阳以微笑向我问候。

雨，它忧郁的姐姐，向我的心谈话。

181

我的昼间之花，落下它那被遗忘的花瓣。

在黄昏中，这花成熟为一颗记忆的金果。

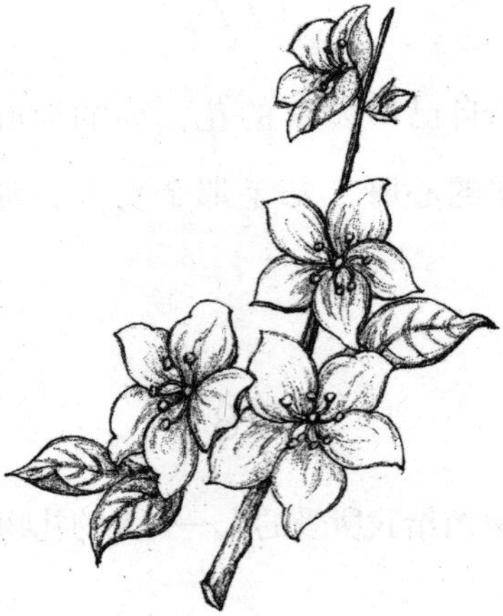

182

我像那夜间之路，正静悄悄地听着记忆的足音。

183

黄昏的天空，在我看来，像一扇窗户，一盏灯火，灯火背后的一次等待。

184

太忙于做好事的人，反而找不到时间去做好人。

185

我是秋云，空空地不载着雨水，但在成熟的稻田中，可以看见我的充实。

186

他们嫉妒，他们残杀，人反而称赞他们。然而神却害了羞，匆匆地把他的记忆埋藏在绿草下面。

187

脚趾乃是舍弃了过去的手指。

188

黑暗向光明旅行，但是盲者却向死亡旅行。

189

小狗疑心大宇宙阴谋篡夺它的位置。

190

静静地坐吧，我的心，不要扬起你的尘土。

让世界自己寻路向你走来。

191

弓在箭要射出之前，低声对箭说道：“你的自由就是我的自由。”

192

妇人，在你的笑声里有着生命之泉的音乐。

193

全是理智的心，恰如一柄全是锋刃的刀。
它叫使用它的人手上流血。

194

神爱人间的灯光甚于他自己的大星。

195

这世界乃是为美之音乐所驯服了的狂风骤雨的世界。

196

晚霞向太阳说道：“我的心经了你的接吻，便似金的宝箱了。”

197

接触着，你许会杀害；远离着，你许会占有。

198

蟋蟀的唧唧，夜雨的淅沥，从黑暗中传到我的耳边，好似我已逝的少年时代，沙沙地来到我梦境中。

199

花朵向星辰落尽了的曙天叫道："我的露珠全失落了。"

200

燃烧着的木块，熊熊地生出火光，叫道："这是我的花朵，我的死亡。"

201

黄蜂认为邻蜂储蜜之巢太小。

它的邻人要它去建筑一个更小的。

202

河岸向河流说道："我不能留住你的波浪，让我保存你的足印在我心里吧。”

203

白日以这小小地球的喧扰，淹没了整个宇宙的沉默。

204

歌声在空中感得无限，图画在地上感得无限，诗呢，无论在空中、在地上都是如此。因为诗的词句含有能走动的意义与能飞翔的音乐。

205

太阳在西方落下时，它的早晨的东方已静悄悄地站在它面前。

206

让我不要错误地把自己放在我的世界里，而使它反对我。

207

荣誉使我感到惭愧，因为我暗地里求着它。

208

当我没有什么事做时，便让我不做什么事，不受骚扰地沉入安静深处吧，一如那海水沉默时海边的暮色。

209

少女呀，你的淳朴，如湖水之碧，表现出你的真理之深邃。

210

最好的东西不是独来的。

它伴了所有的东西同来。

211

神的右手是慈爱的，但是他的左手却可怕。

212

我的晚色从陌生的树木中走来，它用我的晓星所不懂得的语言说话。

213

夜之黑暗是一只口袋，迸出黎明的金光。

214

我们的欲望，把彩虹的颜色，借给那只不过是云雾的人生。

215

神等待着，要从人的手上，把他自己的花朵作为礼物赢回去。

216

我的忧思缠绕着我，要问我，它自己的名字。

217

果实的事业是尊贵的，花的事业是甜美的，但是让我做叶的事业吧，叶是谦逊地、专心地垂着绿荫的。

218

我的心向着阑珊的风张了帆，要到无论何处的阴凉之岛去。

219

独夫们是凶暴的，但人民是善良的。

220

把我当作你的杯吧，为了你，为了你的人而盛满水吧。

221

狂风暴雨像是在痛苦中的某个天神的哭声，因为他的爱情被大地所拒绝。

222

世界不会流失，因为死亡并不是一个罅隙。

223

生命因为付出了的爱情而更为富足。

224

我的朋友，你伟大的心闪射出东方朝阳的光芒，正如黎明中一座积雪的孤峰。

225

死之流泉，使生的止水跳跃。

226

那些有一切东西而没有您的人，我的神啊，在讥笑着那些没有别的东西而只有您的人呢。

227

生命的运动在它自己的音乐里得到休息。

228

踢腿只能从地上扬起尘土而不能得到收获。

229

我们的名字，便是夜里海波上发出的光，痕迹也不留就泯灭了。

230

让睁眼看着玫瑰花的人也看看它的刺。

231

鸟翼上系上了黄金，这鸟便永不能再在天上翱翔。

232

我们地方的荷花又在这里陌生的水上开了花，放出同样的清香，只是名字换了。

233

在心的远景里，那相隔的距离显得更广阔了。

234

月儿把她的光明遍照在天上，却留着她的黑斑给她自己。

235

不要说“这是早晨了”，就用一个“昨天”的名词把它打发掉。你第一次看到它，把它当作还没有名字的新生孩子吧。

236

青烟对天空夸口，灰烬对大地夸口，都以为它们是火的兄弟。

237

雨点向茉莉花微语道：“把我永久地留在你的心里吧。”茉莉花叹息了一声，落在地上了。

238

胆怯的思想呀，不要怕我。

我是一个诗人。

239

我的心在朦胧的沉默里，似乎充满了蟋蟀的鸣声——声音的灰暗的暮色。

240

爆竹呀，你对群星的侮蔑，又跟着你自己回到地上来了。

241

您曾经带领着我，穿过我白天拥挤不堪的旅行，到达了我黄昏的孤寂之境。

在通宵的寂静里，我等待着它的意义。

242

我们的生命就似渡过一个大海，我们都相聚在这叶狭小的舟中。

死时，我们便到了岸，各往各的世界去了。

243

真理之川从它的错误之沟渠中流过。

244

今天我的心是在想家了，在想着那跨过时间之海的那一个甜蜜的时候。

245

鸟的歌声是曙光从大地反射过去的回声。

246

晨光问毛莨道：“你是骄傲得不肯和我接吻吗？”

247

小花问道：“我要怎样地对你唱，怎样地崇拜你呢，太阳呀？”

太阳答道：“只要用你纯洁的简朴的沉默。”

248

当人是兽时，他比兽还坏。

249

黑云受光的接吻时便变成天上的花朵。

250

不要让刀锋讥笑它柄子的拙钝。

251

夜的沉默，如一个深深的灯盏，银河便是它燃着的灯光。

252

死像大海无限的歌声，日夜冲击着生命光明岛的四周。

253

花瓣似的山峰在饮着日光，这山岂不像一朵花吗？

254

“真实”的含义被误解，轻重被倒置，那就成了“不真实”。

255

我的心呀，从世界的流动中，找你的美吧，正如那小船得到风与水的优美似的。

256

眼不以能视来骄人，却以它们的眼镜来骄人。

257

我住在我这个小小世界里，生怕使它再缩小一丁点儿了。

把我抬举到您的世界里去吧，让我高高兴兴地失去我的一切的自由。

258

虚伪永远不能凭借它生长在权力中而变成真实。

259

我的心，同着它的歌，拍拍舐岸的波浪，渴望着抚爱这个阳光熙和的绿色世界。

260

道旁的草，爱那天上的星吧，你的梦境便可在花朵里实现了。

261

让你的音乐如一柄利刃，直刺入市井喧扰的心中吧。

262

这树的颤动之叶，触动着我的心，像一个婴儿的手指。

263

小花睡在尘土里。它寻求蛱蝶走的道路。

264

我是在道路纵横的世界上。夜来了。打开您的门吧，家之世界啊。

265

我已经唱过了您的白天的歌。黄昏时候，让我拿着您的灯走过风雨飘摇的道路吧。

266

我不要求你进我的屋里。你且到我无量的孤寂里来吧，我的爱人！

267

死亡隶属于生命，正如生一样。举足是走路，正如落足也是走路。

268

我已经学会在花与阳光里微语的意义——再教我明白你在苦与死中所说的话吧。

269

夜的花朵来晚了，当早晨吻着她时，她战栗着，叹息了一声，萎落在地上了。

270

从万物的愁苦中，我听见了“永恒母亲”的呻吟。

271

大地呀，我到你岸上时是一个陌生人，住在你屋内时是一个宾客，离开你的门时是一个朋友。

272

当我去时，让我的思想到你那里来，如那夕阳的余光，映在沉默的星天的边上。

273

在我的心头燃点起那休憩的黄昏星吧，然后让黑夜向我微语着爱情。

274

我是一个在黑暗中的孩子。

我从夜的被单里向你伸出我的双手，母亲。

275

白天的工作完了。

把我的脸掩藏在您的臂间吧，母亲。

让我入梦吧。

276

集会时的灯光，点了很久，会散时，灯便立刻灭了。

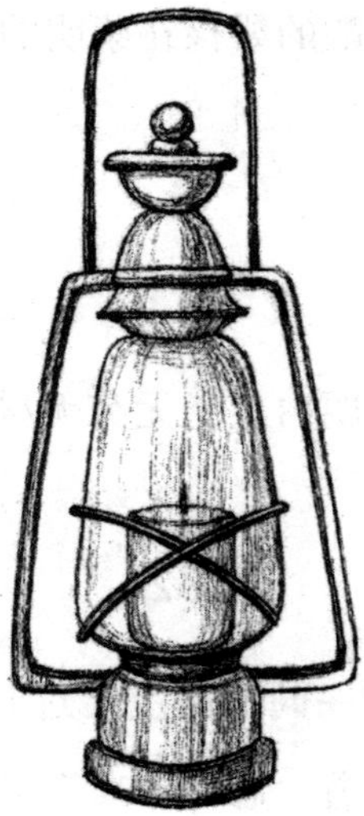

277

当我死时，世界呀，请在你的沉默中，替我留着“我已经爱过了”这句话吧。

278

我们在热爱这个世界时，才真正活在这世界上。

279

让死者有那不朽的名，但让生者有那不朽的爱。

280

我看见你，像那半醒的婴孩在黎明的微光里看见他的母亲，于是微笑着又睡去了。

281

我将死了又死，以明白生是无穷无尽的。

282

当我和拥挤的人群一同在路上走过时，我看见您从阳台上送过来的微笑。我歌唱着，忘却了所有的喧哗。

283

爱就是充实了的生命，正如盛满了酒的酒杯。

284

他们点了他们自己的灯，在他们的寺院内，吟唱他们自己的话语。

但是小鸟们却在你的晨光中，唱着你的名字——因为你的名字便是快乐。

285

领我到您沉寂的中心，使我的心充满歌吧。

286

让那些选择了他们自己的焰火咝咝的世界的，就生活在那里吧。

我的心渴望着您的繁星，我的神。

287

爱的痛苦环绕着我的一生，像汹涌的大海似的歌唱，而爱的快乐却像鸟儿们在花林里似的唱着。

288

假如您愿意，您就熄了灯吧。

我将明白您的黑暗，而且将喜爱它。

289

当我在那日子的终了，站在您的面前时，您将看见我的伤疤，而知道我有许多创伤，但也有我的医治的办法。

290

总有一天，我要在别的世界的晨光里对你唱道："我以前在地球的光里，在人的爱里，已经见过你了。"

291

从别的日子里飘浮到我的生命里的黑云，不再落下雨点或引起风暴了，却只给予我夕阳的天空以色彩。

292

真理引起了反对它自己的狂风骤雨，那场风雨吹散了真理广播的种子。

293

昨夜的风雨给今日的早晨戴上了金色的和平。

294

真理仿佛带了它的结论而来，而那结论却产生了它的第二个。

295

他是有福的，因为他的名望并没有比他的真实更光亮。

296

您的名字的甜蜜充溢着我的心，而我忘掉了我自己的——就像您早晨的太阳升起时，那大雾便消失了。

297

静悄悄的黑夜具有母亲的美丽，而吵闹的白天具有孩子的美丽。

298

当人微笑时，世界爱了他。

当他大笑时，世界便怕他了。

299

神等待着人在智慧中重新获得童年。

300

让我感到这个世界乃是您的爱的成形吧，那么，我的爱也将帮助着它。

301

您的阳光对着我的心头的冬天微笑，从来不怀疑它的春天的花朵。

302

神在他的爱里吻着“有涯”，而人却吻着“无涯”。

303

您越过不毛之年的沙漠而到达了圆满的时刻。

304

神的静默使人的思想成熟而成为语言。

305

“永恒的旅客”呀，你可以在我的歌中找到你的足迹。

306

让我不致羞辱您吧，父亲，您在您的孩子们身上显现出您的光荣。

307

这一天是不快活的，光在蹙额的云下，如一个被责打的儿童，灰白的脸上留着泪痕，风又号叫着，似一个受伤的世界的哭声。但是我知道，我正跋涉着去会我的朋友。

308

今天晚上，棕榈叶在嚓嚓地作响，海上有大浪，满月啊，就像世界在心脉悸跳。

从什么不可知的天空，您在您的沉默里带来了爱的痛苦的秘密？

309

我梦见一颗星，一座光明岛屿，我将在那里出生。在它快速的闲暇深处，我的生命将成熟它的事业，像秋天阳光下的稻田。

310

雨中湿土的气息，就像从渺小的无声的群众那里来的一阵巨大的赞美歌声。

311

说爱情会失去的那句话，乃是我们不能够当作真理来接受的一个事实。

312

我们终有一天会明白，死永远不能够夺去我们的灵魂所获得的东西。因为她所获得的，和她自己是一体。

313

神在我黄昏的微光中，带着花到我这里来。这些花都是我过去之时的，在他的花篮中还保存得很新鲜。

314

神呀，当我的生之琴弦都已调得谐和时，你手的一弹一奏，都可以发出爱的乐声来。

315

让我真真实实地活着吧，我的神。这样，死对于我也就成了真实的了。

316

人类的历史很忍耐地等待着被侮辱者的胜利。

317

我这一刻感到你的眼光正落在我的心上，像那早晨阳光中的沉默，落在已收获的孤寂的田野上一样。

318

在这喧哗的波涛起伏的海中，我渴望着咏歌之鸟。

319

夜的序曲是开始于夕阳西下的音乐，开始于它对难以形容的黑暗所作的庄严的赞歌。

320

我攀登上高峰，发现在名誉的荒芜不毛的高处，简直找不到遮身之地。

我的引导者啊，领导着我在光明逝去之前，进到沉静的山谷里去吧，在那里，生命的成熟将会收获黄金的智慧。

321

在这个黄昏的朦胧里，好些东西看来都仿佛是幻象一般——尖塔的底层在黑暗里消失了，树顶像是墨水模糊的斑点。

我将等待着黎明，而当我醒来的时候，就会看到在光明里的您的城市。

322

我曾经受苦过，曾经失望过，曾经体会过“死亡”，于是我以我在这伟大的世界里为乐。

323

在我的一生里，也有贫乏和沉默的地域。它们是我忙碌的日子得到日光与空气的几片空旷之地。

324

我未完成的过去，从后边缠绕到我身上，使我难于死去。请从它那里释放我吧。

325

“我相信你的爱。”让这句话做我最后的话。